EDIFICAR

UNIVERSOS

Laura Mahulea Bilbie

Relatos

europa ediciones

© 2024 Europa Ediciones | Madrid

www.grupoeditorialeuropa.es

ISBN 9791256960231

I edición: diciembre del 2024

Distribuidor para las librerías: CAL Málaga S.L.

Impreso para Italia por Rotomail Italia S.p.A. - Vignate (MI)

Stampato in Italia presso Rotomail Italia S.p.A. - Vignate (MI)

Relatos

A mis padres.

PRÓLOGO

Cuando me ofrecieron hacer el prólogo del Libro "Relatos" de la joven de 15 años, Laura Mahulea Bilbie, sentí un gran honor y un profundo entusiasmo ante la oportunidad y desafío de ser una de las primeras personas en leer la obra de esta novel autora.

Al empezar a adentrarme en sus primeras páginas, Laura consiguió atraparme con la chispa de su originalidad al abordar temas tan trascendentes y controvertidos como la inmortalidad, las creencias, las reglas o la ironía. Todos bajo la dualidad propia de una adolescente de gran madurez, que por un lado siente el deseo de crecer y explorar el mundo adulto, y por el otro siente la inseguridad o temor que trae el cambio.

Sus relatos son profundos y reflejan esa lucha interna, mostrando que ella no solo observa, sino que intenta desentrañar y darle sentido a ese mundo que aún le resulta ajeno. Tiene una capacidad de análisis y observación inusual para una joven de su corta edad en una sociedad donde las redes sociales dominan y a menudo, dirigen la expresión juvenil hacia moldes preestablecidos.

Laura es una fuera de serie y me aventuraría a decir que una futura promesa de la literatura. Los títulos de sus relatos son tan sugerentes como el de "Muerte Indirecta", con un lenguaje culto y adjetivado. Nos envuelve en su universo de letras donde ve repetirse patrones circulares en el techo de su cuarto.

Al leer a Laura queda claro su necesidad de refugiarse en la literatura y elegirla vehículo para poner en orden sus ideas y encontrarse ante las incertidumbres actuales. Según mi interpretación, Laura posee un gran mundo interior, lleno de interrogantes que tiene que compartir y donde se mezcla su literatura fantástica con algunas referencias de vivencias personales.

Sus relatos tienen títulos tan impactantes como "El cementerio de los suicidas", "Donde mueren las estrellas" o "Vida en monstruo". Expresa con ahínco su visión sobre la libertad literaria y explora preguntas existenciales y temas complejos que no son comunes en escritores tan jóvenes. Esto la convierte en una observadora crítica del mundo que no se limita a reflejar su realidad, sino que busca interpretarla y desafiarla.

Ya desde las primeras páginas, hay recurrentes referencias a Irlanda, donde estuvo el pasado verano de intercambio. Es curioso como esta experiencia aparentemente breve, dejó una huella profunda en su imaginación, convirtiendo a Irlanda en un símbolo de misterio, soledad y belleza en sus escritos. Este paisaje con sus acantilados y lluvias persistentes parece haberle ofrecido un espacio introspectivo donde pudo conectar con temas de su propio mundo.

Irlanda le brindó a Laura una atmósfera única que alimentó su creatividad y sensibilidad hacia las emociones complejas, convirtiéndose en un escenario simbólico para su exploración de temas universales como la soledad y el autodescubrimiento.

Los perros, el amor y el desamor también funcionan como pilares que le permiten conectar aspectos más oscuros o controvertidos con símbolos de lealtad, identidad y profundidad emocional, que conviven con ideas tan originales como la de describir el susurro del papel pintado de la casa. Tiene una pluma culta que disfraza los pensamientos filosóficos de Aristóteles al opinar que "más que los ojos, las manos eran el reflejo del alma".

Cómo especialista en Neurociencias, periodista y estudiosa de la comunicación, los relatos de Laura, más que una simple lectura, supusieron un reto profesional. Quise empatizar con ella y adentrarme en su mundo, intentando ponerme en su lugar.

Laura nos ofrece una visión esperanzadora de la creatividad individual, como un reflejo de lo que podríamos lograr si fomentamos estas voces únicas y genuinas. Es inspirador ver cómo esta joven escritora consigue expresar de manera tan auténtica aquello que quizá muchos sienten, pero son incapaces de comunicar.

Por eso les animo a la lectura de este libro "Relatos", que les hará viajar al fascinante mundo de Laura lleno de contrastes. Y les invito a hacerlo con esa sensibilidad y apertura que nos van a permitir valorar y apoyar a esta nueva voz de las letras, para que siga creciendo en su faceta de escritora y nos siga sorprendiendo.

Sara Dobarro

Periodista, especialista en Neurociencias y escritora

MUERTE INDIRECTA

La mañana del día en el que empezaría la cuenta atrás para celebrar el día en el que nos conocimos fue un día lluvioso. Mientras los pétalos de flores marchitas caían al suelo, y el aire otoñal traía consigo la adolescencia veraniega que arrastraba un carrete lleno de fotografías, la tierra se agrietaba por la sequía. La lluvia llegó cuando el cadáver de la cocina ya no era reconocible. Y llegó muy tarde. Como yo aquel día en el aeropuerto.

Mi vuelo se retrasó unas dos horas y no pisé tierras irlandesas hasta bien entrada la noche. Si la tormenta no hubiera interferido, tal vez no estaría contando nuestra historia, nos hubiéramos conocido antes, en otras circunstancias. No nos hubiéramos conocido, cruzado miradas en un momento tan vulnerable. Mi vuelo se retrasó, y no le di la importancia que era necesaria, tan crucial que era comparable con el fin de una historia otoñal, estacionaria, pero que definió mi existencia de tal manera que no pensé que había comenzado a vivir hasta que experimenté el otoño que vino después de la muerte de mi padre.

La primera vez que pisé el suelo irlandés, noté que la tierra estaba húmeda, y sonreí para mis adentros. La primera vez que monté en avión, me mareé. Nunca me había sentido tan feliz. Era la primera vez que era libre de verdad, y la primera vez que tuve ganas de escribir, y la primera vez que me di cuenta de a qué se referían exactamente al decir que este es un mundo fascinante.

Tres meses después te miraría y vería mi mundo entero. Mundo maravilloso, extraordinario. Y me preguntaría por la falta de importancia que le daba al amor cuando la desesperación me envenenaba y el odio me carcomía por dentro. Tres meses después me hubieras pedido el mundo y te hubiera arrancado el corazón y lo habría servido en bandeja de plata, para ir a juego con tu joyería.

Cuatro meses después agradecería la humedad de la tierra, y la lluvia que llegó justo a tiempo. Tal vez por favoritismo, o porque hasta los más extraños fenómenos parecían perseguirte allá donde fueras. La lluvia se compadecía de ti, y se burlaba de mí, recordándome el calibre de mis actos. Yo sabía que el día de mi muerte la lluvia no llegaría a tiempo para apagar las llamas del infierno al que estaba destinado. Es lo que pasa con las personas sucias e inmorales. No se derraman lágrimas innecesarias, no llueve en su funeral.

La lluvia vino por sorpresa, y no fue bienvenida. La lluvia simbolizaba el final del verano, un verano que no estaba preparada para olvidar. La lluvia llegó muy pronto, y fue una amenaza para el calor que recorría cada rincón del pueblo. La lluvia vino muy pronto, y estoy segura de que vino a por mí.

La primera vez que te vi, no vi nada. Nada en tus ojos, quiero decir. La primera vez que te vi fue en día nublado, eso sí, pero no lluvioso.

La última vez que te vi y cruzamos miradas, lo único que buscaban mis ojos en los tuyos era mi mundo entero. El que me arrebataste sin piedad y ahora guardabas dentro de ti. El que me sacaste a palizas y besos y caricias y humillaciones y que yo guardaba para los dos. La última vez que te vi recordé cómo solíamos bailar en el salón.

Cuando se leía en tus ojos la bebida. Y cuando continuaste aspirando el humo de mi boca, de la que salían palabras entorpecidas. Y el silencio ahuyentó mis prejuicios; y el no saber que decir, el juicio; y a falta de principios se acabó mi pasión: el juicio de los prejuicios. Me sentí tranquila al saber que habías acabado conmigo por completo, con mis ganas de vivir, mis ganas de escribir... Y ahora volvías al río, como una sanguijuela satisfecha. La lluvia vino para impedir que me acercara mucho al sol, la lluvia vino para alejarme de la felicidad.

Después de aquella última lluvia, me hallarías entrando por primera vez a mi apartamento. Empecé a perder la cabeza allá por la tercera luna que vivía bajo este techo. Han pasado ya tres meses, y no paro de suplicar a Dios que vengan los perros de mi insufrible vecina y se me coman vivo.

Mandé tres relatos cortos a una editorial medianamente reconocida hace un mes, todavía ando sin respuesta. Me impaciento por momentos, y te necesito cerca. Necesito un atardecer de verano. Somos una mancha de tierra en el zapato de los poderosos, ¿verdad amor? Eso es lo que con tanta prisa me intentaste explicar aquella noche. Y yo te acallé. ¿Cómo lo hice exactamente? Tan solo comía y dormía antes de ti, y ahora me pesa hasta la existencia, soy un alma en pena, si existe la otra vida, ven a verme, te lo ruego. Una buena persona, desde luego, estoy seguro de que te encuentras muy feliz en el cielo. Ardiendo en el infierno tan solo está tu ingenuidad, probablemente implantada por el mismísimo diablo.

El perro ya no ladra, solo gruñe. Espero que me coma cuando muera y que los vecinos no huelan mi cadáver. La señora que vive en la puerta contigua es espantosa y probablemente haría un pastel con los restos.

No soy capaz de aguantar mi miseria, ¿acaso no hay una mayor que tras pensar que eras alguien descubriste la mediocridad? ¿O acaso me estaba quejando de tu muerte otra vez? No te preocupes cariño, estos días se me entremezclan las plegarias.

Intenté escribir sobre ti, pero esos perros quieren más. Las personas cambian, los tiempos ya no son los mismos... Máquinas sedientas de dinero, eso es lo que son, querida. Veo unos patrones circulares repetirse en el techo de mi habitación, pensaba que venías a rescatarme, pero veo que tan solo eran las alucinaciones.

Traté de escribir sobre tu sonrisa, pero no les pareció suficiente. Mis sentimientos no son lo suficientemente originales, dime vida mía. ¿Sientes lo mismo tú por mí que yo por ti? Observa la Luna desde arriba, hoy está llena, y dime si la ves rebosando de locura. Escríbeme, te lo suplico. ¿Puedes mandarme una carta? Dile a Dios que estás intentando perdonar a un viejo pecador. Estoy condenado sin ti.

No puedo bajarme de mi cama, el suelo está adornado de vidrio brillante y puntiagudo, no demandes una explicación. Apesta todo a alcohol. Solo te pido un favor, escríbeme, ¿quieres? Me desangro.

Amor, te reunirás conmigo, ya lo verás. Sólo necesito tu perdón. Escribiré novelas sobre ti, te dedicaré una galería, un mausoleo. Tan solo necesitamos un mes para corrompernos, y una vida para perdonar.

—¿Y cuál es el nombre de esta mujer, que un sábado por la noche decide sentarse en un bar, sola y trágica? ¿Disfrutando la bebida o la adicción? —pregunté acercándome a la inocencia con dos ojos y una mueca en los labios. Aquella que llevaba acechando desde que decidí que estaba harto de ahogarme en la pasividad del alcohol. En aquellos tiempos no me atrevía a reconocerlo, pero el verano me había dejado aturdido, sumido en un trance demasiado dulce, y moría por algo de pasión en mi vida.

Para mi sorpresa, ella ni se dignó a mirarme, aparentemente muy ocupada examinándose las uñas. Estaban bien cortadas, pero llenas de tierra. Cuidadas pero sucias, y no pude evitar preguntarme si aquello que decían los artistas no fuese incorrecto. Pues en mi opinión, más que los ojos, las manos eran un reflejo del alma. Parecían muy fuera de lugar en un cuerpo de luz tal como ella. Tal vez fuera un fantasma, o algún enviado del diablo. Me pregunté si venía a por mí, a arrastrarme con su hermosura a las profundidades del abismo.

Tal vez ella hubiera sido una gran belleza en vida, tocando almas como la mía y llegando a la profundidad de numerosos corazones, pero ahora rondaba el mundo con sus facciones atascadas permanentemente en una expresión perdida. Tal vez tuviera que ver con sus ojos fantasmales y sus labios ligeramente abiertos. Tal vez su muerte fuera violenta, enterrada y ahogada entre los confines de su ataúd. Luchando furiosamente por levantar la tapa, astillándose las manos y gritando como si tuviera esperanzas. Dejándose la voz y las uñas en una tarea inútil, abandonando un poco de su persona en el proceso, degradando su belleza y erosionando sus sonrisas y sueños. Hasta que una mano que la alcanzaría desde la superficie la cogiera de sus ropas. Sería recibida con ilusión, hasta que viera sus uñas, largas y sucias, negras como la profundidad absoluta, que la empujaría aún más profundo.

Tal vez recibió a la muerte con los brazos abiertos, y dejó que el diablo la llevara consigo sin oponer resistencia. Tal vez suplicara por el destino final, y llorara desconsoladamente sabiendo que nunca llegaría a ver el cielo de nuevo. Se hubiera preguntado lo que había hecho en vida para enfadar a los dioses, pero la respuesta nunca llegaría, pues nunca se daba una segunda oportunidad a los condenados.

Esta era mi línea de pensamiento al verla, pero no solo a ella. A veces me preguntaba si yo mismo había muerto, y ahora rondaba por el infierno sin una pizca de entendimiento sobre lo que me había pasado. Era difícil regresar a la tierra, cuando ya has visto tu futuro, aquello que te espera cuando todo esto haya acabado. Para mí, un solo vistazo fue suficiente, y aún así me había perturbado enormemente. La primera vez que vi el infierno fue en los ojos de mi padre, cuando exhaló su último suspiro.

Las llamas tan altas como rascacielos consumían mi juicio y perduraban sus quemaduras cuando me despertaba de sueños agitados. El horror y espanto de aquel encuentro me hacía vivirlo todo de nuevo y repetir ese recuerdo en mi cabeza una y otra vez. Cuando no estaba dormido, temía el sueño, y cuando dormía, temía por no despertarme. Corría de mi destino y lo sofocaba en alcohol. Era una mala idea, considerando que estaba formado por paredes de fuego.

Y así, aturdido como solo yo podía estar, la conocí. A un ángel que vivía como yo vivía, encogidos de miedo los dos, esperando lo inevitable. Y, a pesar de que compartíamos la misma miseria, yo podía decir con absoluta certeza que no estaba destinada a morir como yo. Como un perro hambriento de sangre. Como un náufrago que, tras navegar todo el océano, es traicionado por unas aguas que creía domadas, y se hundía lentamente, traicionado y afligido. Pues aquello que más amaba fue su verdugo.

Al mirar atrás, casi puedo atribuir el hecho de considerar que no valía la pena hablar conmigo a la suerte, pero ahora lo sé mejor. Creo que la experiencia de estos meses está empezando a tener efecto sobre mí. Casi pareciera que habíamos vivido toda una vida juntos, y en cierto modo era así. Cuando la fachada de su persona se desmoronaba, y quedábamos los dos desnudos, la barrera que separaba todos nuestros pensamientos caía con el contacto. Yo era capaz de observar las partes más oscuras y retorcidas de su alma, y ella de la mía. Al fin y al cabo, la belleza era una envoltura que cubría la verdadera naturaleza humana. No voy a entrar en detalles, pero diré la verdad de manera clara: el alma del ser humano está manchada, y nunca es bonita.

Creo que le perturbaba que alguien pudiera leerle tan bien como yo, porque, después de hacerle mi pregunta, y tras unos instantes de mirarse las uñas, se giró para mirarme a los ojos. Lo que vio debió de afectarle de alguna manera que no sabría explicar, ya que visiblemente pareció tragarse todas las palabras que danzaban en la punta de su lengua. En vez de hacer algo significativo, estudió mis facciones por unos segundos, agarró su bolso y salió del bar apresuradamente.

Podría decir que aquello me sacó de mis casillas, pero estaría mintiendo descaradamente. Lo único que saqué de aquella interacción fue una sensación extraña, y no reparé mucho en el tema. Arrogantemente, pensaba que mi mundo interior consumía todos los aspectos de mi vida, y no tenía mucho tiempo en preocuparme de otras personas. Estúpido por mi parte, quizás, pero era un buen método de autoconservación.

Me alojaba en el desván de una familia local, que no prestaba atención a nada que no fuera la televisión o la comida. Tenían dos perros que ladraban hasta altas horas de la madrugada, y parecía que su propósito en la vida era mantenerme despierto. Los perros hacían que me hirviera la sangre y se me revolvieran las tripas. Me parecían bestias aparentemente domesticadas, pero que guardaban un terrible secreto debajo del pelaje.

La casa se encontraba en un lugar remoto, subiendo unos treinta minutos desde el borde del pueblo irlandés. De todas formas, eso era lo que menos me molestaba de las condiciones en las que vivía. En aquellos paseos, sentía la hierba acariciarme los tobillos y el viento susurrarme palabras de consuelo. Había veces en las que subía hasta el acantilado, sin pasar por mi deprimente desván, ni mirar hacia las paredes descoloridas de la casa, y me sentaba en las rocas. El mar chocaba con la piedra y me mecía en el ruido periódico que acallaba mis voces internas. Eran tardes como estas, en las que me ponía a escribir.

Sacaba un lápiz y un cuaderno y me apoyaba en los salientes de la piedra. Miraba al horizonte y sentía cómo me transportaba a tierras lejanas, cómo el mar, siendo una fuerza implacable, se estrellaba contra mí, y destrozaba esa persona que tanto detestaba. Después, los pájaros me devolvían a la costa, donde la hierba y el viento tiraban a las aguas todas las piezas de mi yo anterior, y dejaban en su lugar a un niño, todavía inocente, que todavía no conocía la crueldad, que todavía no era cruel, que no era despiadado, sino que estaba completo y puro. Alguien renacido que aún pensaba que en su batalla contra el mundo podía ganar, alguien con sus metas y aspiraciones intactas. Un niño que se emocionaba cada vez que venía a ver el mar de la mano de su madre, que le aseguraba que nunca se secaría, ya que era grande y fuerte, estaría en el mundo para siempre, y vería el fin del mundo, un apocalipsis. Sin embargo, no podía evitar pensar en ello con amargura, pues ella también había prometido estar en el mundo para siempre.

Volvía de mis caminatas después del anochecer, con el cuaderno lleno de palabras y la cabeza más calmada de lo que había estado en meses. No siempre me acordaba de volver, a veces me dormía con la cabeza entre las rodillas, soñando con pájaros, agua y olor a lavanda. Pero cuando despertaba, con un sabor amargo en la boca, lloraba y me lamentaba por mi destino cruel, ya que nunca podría morir tan en paz como en la cima de ese acantilado.

La casa está tan sola como yo, y siento que el papel de pared susurra a mis espaldas. Estoy a salvo aquí, lo sé con certeza. Entonces, ¿por qué no puedo evitar pensar que estas paredes tan solo acumulan mis gritos desesperados? ¿Que las estanterías cargan con mis libretas llenas de tinta negra, que gotean de sus páginas abiertas en la madera, formando ríos de palabras que no consigo olvidar? El papel pintado susurra: espera un poco más.

Ella está sentada al piano, y la luz del atardecer inunda la habitación filtrándose entre las cortinas y agarrándose a su pelo, formando patrones en su cara, besándole los labios e iluminándole la mirada. En momentos como estos no puedo sino admirar su belleza.

Las ventanas se quejan cuando las abro, y ahora estoy seguro de que ella está sonriendo, sé que está sonriendo. ¿Por qué no habría de sonreír? Sonríe, por favor, sonríe de momento y hazme creer que eres feliz. Déjame cogerte de la mano y bailar por toda la habitación, mientras observo como el mundo que hemos construido para los dos se desmorona con cada paso que damos hacia el final de la canción. Ignora cómo el piano sigue tocando como si una mano invisible también estuviera danzando sobre las teclas, como si se compadeciera de nosotros.

Baila y sonríe y ahógate en la luz y olvida nuestras promesas. Olvida cómo pensábamos que huiríamos juntos a un lugar mejor. Pero ahora tú te has ido y yo sigo aquí atrapado en este apartamento sucio que se cae a pedazos. Y tú estás en un lugar mejor que yo no puedo ni llegar a imaginar. Estoy atrapado en esta habitación rodeado del papel pintado que nos podría haber rodeado en nuestra vida feliz. En momentos como estos no puedo evitar odiarte.

—¿Qué pasa, cariño? —una nota curiosa en tu voz.

Y yo no te puedo contestar, porque ahí, en medio de la habitación estoy bailando y sonriendo y olvidando e intentando pasar un poco más de tiempo con tu fantasma. —Ya es muy tarde para nosotros —digo, y no puedo evitar pensar en lo cierto que es eso. La quiero, sé que la quiero, con toda mi alma y mi corazón. La quiero tanto y con tanta intensidad que no puedo evitar despreciarla por lo que ha hecho. Pero estoy feliz por ella, y por eso mismo mis manos no se cierran en torno a su pequeño cuello, y no aprietan hasta que toda la vida haya salido de su cuerpo, sino que espero a que se acabe la canción, y entonces me arrodillo y le beso la mano. Tu cuerpo tiembla y el piano deja de tocar. El papel pintado cae, enseñando unas paredes manchadas y feas que se ciernen sobre mí como aves de presa. La puesta de sol ha dado paso a la noche, oscura como las fauces de la muerte.

Ya no estás aquí, y locura es lo que me llena ahora y por lo que voy a morir. Locura es creer que moriré en paz, pensar que me dejarán tranquilo como a un vulgar animal tullido. La luna parece llena de locura esta noche, ¿no crees mi amor? La noche promete y mi juventud ya no existe, pero tu juventud infinita bajo la mano de Dios sí.

Pasión de mi corazón, mechero de mis entrañas, llévame lejos de aquí... Déjame escapar contigo bajo el brazo, déjame conquistarte de nuevo.

Devuélveme la luz de mis ojos, por favor, o al menos comparte algo de la tuya. No podía estar más equivocado al pensar que fue el Sol quien te la dio. No, fui yo, y ahora quiero que me la devuelvas. Permíteme soltar mis impulsos egoístas por un minuto. Quiero volver a la casa de los irlandeses, pensaba que no alcanzaría un punto más bajo en mi vida, pero veo que siempre puedes enterrarte aún más profundo. Solía pensar que todos teníamos un destino en la vida, y nacías teniendo un propósito. Pero después de ver todo lo que yo he realizado en la mía, no puedo evitar despreciar esa idea pues es una noción que me hace despreciar a Dios, y yo solo la desprecio a ella por dejarme solo, y a mí por empujarla a hacerlo.

Después de experimentar la vida al máximo en sus brazos, nunca pensé que había experimentado la muerte hasta que llegó el verano siguiente a su suicidio.

DONDE MUEREN LAS ESTRELLAS

El mar se ha secado y tan solo perdura el vago recuerdo del agua cristalina y el oleaje que arrastra recuerdos de juventud. Sobre este mar yo vivo y muero de melancolía. La soledad no me sienta nada bien. Todos los días me despierto, me tomo la medicación y me acomodo en la mecedora para contemplar el vacío, esperando empaparme de recuerdos. En algún lugar de estas aguas sigue existiendo la cosa más bella que ningún hombre haya podido alcanzar jamás. Las gaviotas rememoran tu presencia, oh, bella sirena de mis remembranzas.

¿Por qué te fuiste sin explicación? ¿Por qué me dejaste lleno de incertidumbre y encerraste todo este mar dentro de mí? Ya no lo puedo liberar porque me has dejado sin capacidad de llorar, de soñar. Ya no puedo imaginarme un mundo sin ti.

Yo, yo flotaba en un bote mientras tú te ahogabas y, ¿acaso me preocupé? Acaso hice algo más que enviarte aquellas notitas propias de la juventud, que endemoniado escribía con sangre. Cartas de amor. Yo entonces no sabía lo que aquello conllevaba. Amor... Una palabra usada imprudentemente estos días. ¡Ah! Si supieses lo que te han llorado los peces... Lágrimas de nácar posan sobre mis pies clavados en la arena.

¿Por qué? ¿Dónde quedo yo en tu historia incompleta? ¿En qué parte de tu cuerpo puedo desahogarme ahora?

Sueño con tu pelo, tu espalda y tus ojos, que parecían esconder todas mis ilusiones. Ahora se ha acabado. Me he deshidratado. La vejez me ha arrastrado cual árbol joven por un huracán. Nunca me pediste perdón por mover mi mundo, y ahora... ¿cómo se supone que debo aguantar tal soledad? Egoísta, caprichosa..., pero todo es culpa mía. No tiene sentido, ya ni las nimiedades lo tienen. Te abandoné y te dejé a merced de gente que te cortaba las alas, tú, tú eras una artista.

No, tú eras arte, afilada como un cuchillo y ahora mellada por la vida. Cruel alimento de gusanos, el destino de todos nosotros. Ahora yo delirio en la ausencia de personas. Quién visitaría a alguien de mi edad, que necesita sentarse todo el día frente a sus desgracias para volver a sentirse vivo... Pero nada de eso importa, he alquilado el bote de tu primo, el bajito, el de la gorra con visera ancha y cara de mono. Voy a deshacerme de ti.

¡Lo que pasa por mi cabeza en estos momentos es imperdonable! Nunca anduviste verdaderamente sobre las olas, ¿verdad? Profetizamos lo bíblico para gente como tú, que tan solo quiere un salvavidas en su bandera negra. No puedes verdaderamente unirte a alguien si tu piel está desgarrada, si tu alma está desgarrada. Pues no hay hilo para coser tus desgracias.

Oigo el sonido de las olas entrechocar en el acantilado. Pone los pelos de punta, créeme, cómo se me vienen a la cabeza las cosas distorsionadas por la edad. Borrosas y para nada definidas. ¿Recuerdas la vez en la que lo compartimos todo? En aquella casa abandonada, justo en la cima, en la que un vi un ápice de nuestras almas mirando por la ventana. La vida me ha enseñado muchas cosas, pero la mitad te las llevaste tú aquella noche, convirtiendo a un joven en un simple niño que miraba ahora el mundo con curiosidad renovada. Ya no me harás sentir como un chiquillo nunca más. Pero está bien, porque me desharé de ti.

El sol se posa sobre las aguas y las abraza con sus destellos en tonos cálidos. Recuerdo tu arte, tus pinturas. Aquellas en las que la armonía de tu paleta curaba, y el planeta entero aspiraba a ser parte de tu lienzo. Ahora están manchadas de tinta que todavía no ha secado. Odio, amor, generosidad, avaricia, desinterés, obsesión, heridas que no cierran, corazón que no siente o siente demasiado... No me digas que eso es amor.

Cierro los ojos con fuerza y ya no imagino tu figura, si no que altas llamaradas acaparan ahora mis ojos. No estoy preocupado por ti, porque sé que te has ido a un lugar diferente. Tú mereces misericordia; yo, suelo duro. El mundo no está hecho para los artistas, mi amor. No está hecho para aquellas personas que prefieren plasmar en un papel lo que la sociedad dicta que debería hacerse a través de los labios. Tu imaginación se estrelló... la sociedad no está hecha para el entretenimiento de la sensibilidad. Piensas, divagas, viajas, vuelas, te precipitas, te manchas, caes y no vuelves.

¿Por qué hay que expresar lo inexpresable? ¿Por qué deberíamos estructurar el arte? ¿Por qué la excentricidad siempre conduce a la locura? ¿Por qué deberíamos vivir miserables?

Lo censuran todo, cariño. El molde es solamente circular.

¿Acaso Dios perdonará el pecado del más débil? Lo dudo. En mis esperanzas yo anhelo que me reciba con los brazos abiertos, cual camaradas que llevan muchos años sin verse. Él me perdonará, Él será bueno conmigo, Él lo entenderá. Todos los simples mortales, cubiertos se nuestras desgracias y mendigando en la miseria, acudiremos a su llamada y encontraremos su perdón. Pero si me retrataran en los brazos de Dios, ¿yo mismo saldría representado? ¿Qué haré si todo es una simple ilusión? ¿Cómo lograré perdonar todos mis pecados si el responsable de mi juicio final es mi persona?

Mi casa azul se ve a lo lejos. Una casa que me inspira millones de nostalgias. ¿No te das cuenta de que yo ahora me encuentro perdido en la vida? Esta es la última carta que te escribo, la escribo con mi sangre y alma, con la esperanza de que el único lector que jamás podrá tener sea yo mismo. Siempre acabo haciendo lo mismo. Me reconocerías después de tantos años, a pesar de que ya no encontrarías ni un ápice de inocencia en mi semblante, el tiempo se la ha apropiado.

Cuando todo se me viene encima, cuando ya no puedo soportar la presión y mis sentidos exiliados, me encierro en mi habitación y desgarro palabras de mi corazón hasta que sangro del fuerte agarre de mis dedos encerrando la pluma. Bebo y lanzo cosas contra las paredes, como si eso pudiera hacerlas retroceder al cernirse sobre mí a velocidades abrumadoras. Me agarro la cabeza y rezo llamándote, pero tú ya no estás ahí. Soy una sucia rata que se esconde de esa humanidad que tanto le perturbó, soy un cruel escapista de la muerte, y quiero que la penuria andante cobre ya lo que le debo.

El océano ruge, sentirse impaciente es insoportable, pero debo finalizar. Terminar este escrito que ata todos los cabos de mi yo descompuesto. Deberíamos haber hecho tantas cosas. Deberíamos haber plasmado el mundo, deberíamos haber acabado con los barrotes de la gran jaula en la que todos estamos metidos, pero que al mismo tiempo creado. Es una pena que la gente vea a sus liberadores con malos ojos, e intente hundirlos. Es todo culpa de nuestras enseñanzas. La gente no es enseñada a pensar, sino a memorizar y a escupir. ¡La literatura no fue concebida para ser examinada, estudiada, analizada y calculada!

Mi cabello cano se revuelve ante la brisa marina, y miro al cielo. El cielo cálido y de tonos rojizos, que ha dado paso a un gran manto oscuro con millones de ideas luminosas. Es tan bello que me recuerda a ti. Cada una de estas estrellas se encuentra tan lejos... Pero su luz brilla poderosa en el cielo. Probablemente la mitad de estos astros estén muertos, marchitos, exánimes. Pero su presencia sigue con nosotros, al igual que el intelecto de los grandes pensadores, creativos y virtuosos. Mira hacia arriba y mirándome a los ojos dime que no te sientes miserable.

Ya no advierto las señales que me manda el corazón, débil y cansado. Ya va siendo hora. No tengo miedo como yo me esperaba, gritando de terror y revoloteando en mi interior. Ato la carta con un lazo rojo y la observo con atención. "Este es mi método de redención" pienso mientras lo estrecho con fuerza contra mi pecho.

Me quito los zapatos con dificultad, y los arrojo al mar. Tal vez se conviertan en la casa de una familia de cangrejos. Abro la boca y me trago todas mis palabras. Si hubieras acercado la oreja, estoy casi seguro de que habrías escuchado un pequeño chapoteo del papel caer. Toda gira en torno mío. Jamás me había sentido tan poderoso en toda mi vida, que incluso los cadáveres de las estrellas se acercan a mirar.

Los latidos de mi corazón van menguando, mientras una figura ataviada con una túnica negra se acerca lentamente al bote. Camina sobre el agua, y dirige una de sus manos huesudas a mi garganta.

Cierro los ojos, estoy en paz conmigo mismo. Las sensaciones que esperaba experimentar previas a mi patético final no están ahí. Mi mar interior no era nada comparado contigo. Siento una calma inexplicable dentro de mí. Las palabras se hacen cada vez más pesadas, y una especie de fuerza invisible me empuja a avanzar lentamente. Abro los ojos con cuidado y logro atisbar cómo la figura despliega su brazo, entonces me dejo caer al mar.

El agua es espesa, y me captura con sus garras. Los pensamientos pesan y me arrastran hacia el fondo. Qué más podría pedir...

Clemencia, compasión, perdón, benignidad, tan solo necesito que nuestros destinos se entrelacen de nuevo. La risa áspera y metálica resuena por todo el océano, sabe que lleva mucho tiempo esperando este momento y se relame de gusto y placer. Bella afición darle esquinazo a la muerte.

Me hundo y salpico espuma, mi corazón herido se hunde, todos mis recuerdos se hunden. Nos hundimos en nuestro propio caldo de ilusiones, mientras tus estrellas muertas se ríen. Sigo bajando. Aquí solían vivir mis sueños; aquí, mis ideas y a su lado descansan todas las cosas que alguna vez quise decir, pero no me atreví siendo un mero muchacho, y ahora no me llega la voz para gritarlo desde el borde del acantilado.

Toco el fondo marino, y una nube de polvo se eleva, cubriendo mi campo de visión. Algo rojizo se mueve, y alargo los dedos la mano, hasta que parecen aprisionados en aquella jaula de pelo rojo, que me transmite una serenidad difícil de explicar. Las yemas de mis dedos continúan explorando. Es una sirena que me ha mandado Dios, estoy seguro. No puedo con mi júbilo. Espero a que la arena se disperse, pero antes de que lo haga, la verdad cae sobre mi semblante.

Tumbada junto a mí yace mi amor, con los labios azulados y los ojos hinchados. Las extremidades ligadas con cadenas de hierro, está sujeta, es una prisionera. El horror que me invade ni yo mismo lo puedo expresar, el alma abandona mi cuerpo, probablemente nadie la recordará jamás. Y nadie llorará por mí, ni siquiera el cuerpo que dejó tras de sí.

Mi yo apático suelta un alarido de terror, pero tan solo salen burbujas, no puedo respirar. Trago agua e intento sujetar el cuerpo de mi amada entre mis brazos antes de morir. Antes de que me abandonen las fuerzas del todo, le meto la mano en la garganta, y extraigo una hoja de papel, maravillosamente seca. Escrita con tinta roja y desordenada, reconozco su caligrafía. Y antes de soltar el último suspiro, leo la primera frase y en mi semblante se lee la más pura desesperación que un hombre hubiera podido experimentar jamás. La tristeza me agobia y empapa y moja y humedece mucho más que el agua fría. La tinta roja se emborrona, y deja paso a unas palabras azules que cortan como cuchillas. ¿Cuánto tiempo estuviste esperándome? ¿Fuiste tú la que susurraba mi nombre por las noches? ¿La garrapata que malcomía mis sábanas?

Todas tus esperanzas recaían en mí, y ahora moriremos los dos, en el lugar donde las estrellas muertas caen. No hay perdón para nosotros, seré una corriente cualquiera en el fondo marino, arrastrado por tu influencia demasiado tarde para darme por aludido.

EL CEMENTERIO DE LOS SUICIDAS

Siempre he sido una persona de disfrutar las mañanas. Pero no de esas que vienen después de salir el sol, sino las horas que conviven con el amanecer. Me gusta el silencio y la calma que me trae el nuevo día y la sensación de que el tiempo se ha quedado parado solo para mí. Que la vida me ha dejado tomar un respiro antes de continuar con su carrera y dejarme atrás, intentando atraparla con la lengua fuera.

No sé qué tienen los amaneceres en la calle desierta, cuando nadie todavía está despierto y las farolas siguen encendidas y no hay coche a la vista para arrugar el ceño y preocuparme por la atmósfera o de cualquier otra cosa de la que me estaría preocupando si fuera una buena persona.

No sé qué tienen las mañanas para hacerme reflexionar, como si fuera un ser humano aceptable. Me hacen llorar a lágrima viva sobre las puertas de un museo, hacen que quiera gritar con todas mis fuerzas.

De pequeño quería pintar un amanecer con acuarelas, llenar el cielo de tonos cálidos y gaviotas que parecían uves y esas cosas que les gustan a los críos. Quería volar como un pájaro, bañarme en el mar y llevarme bien con todo el mundo y creer en Dios, vivir dentro de mi imaginación y ser una buena persona. Ya no puedo pintar un atardecer. Ni una playa. Ni nada, vamos. Es como si la paleta de colores se hubiera oscurecido. Ahora me gustaría pintar mis palabras de odio hacia una sociedad animalística. Me gustaría hacer un autorretrato porque no tendría que utilizar ni un solo color y nadie se interesaría por él. Pero lo cierto es que no tengo nada que decir. Salvo que odio los museos y todo lo que tenga que ver con ellos. Me gustaría salir de aquí. ¿Por qué no puedo escapar? Cruel carcelero de mi conciencia, le repito a mi corazón, pero mis piernas no responden y yo sigo encaramado a la valla de las puertas del museo, siendo muy dramático y pensando que la única manera de conseguir un cuadro de valor incalculable sería pintándolo con la sangre de las venas de alguien bueno. Qué ironía.

Con nostalgia recuerdo las excursiones escolares. Un grupo de niños cogidos de la bata con sonrisas de plástico, labios manchados de tomate y el pelo enmarañado. Me gusta esa definición para persona buena. Todos los años íbamos al mismo museo de la ciudad. Probablemente por la falta de creatividad de los profesores o por simple pereza, pero el caso es que siempre acabábamos allí. Me parecía un sitio demasiado grande para mí, el techo estaba muy lejos de las yemas de mis dedos. Me encantaban los bustos de personas importantes pero lo que más disfrutaba eran las pinturas.

Había un cuadro en particular que me fascinaba. Estaba pintado con colores muy llamativos, verdes, rojos... Parecía un bosque encantado. Así manifesté mis pensamientos en voz alta pero un señor mayor que pasaba por allí, me miró de arriba abajo, hizo una mueca afligida y dijo: "Ese es el cementerio de los suicidas".

EL CUERPO DEL RUISEÑOR

En la cúspide del mundo, justo en el límite entre el cielo y la tierra, se alzaba una torre que se elevaba sobre el resto de los mortales. Allí, en lo alto, en una pequeña cámara apenas amueblada, una señora que parecía tener los mismos años que el mundo se dedicaba a coser un par alas con hilo de oro, que se entretejía con las finas hebras de las bobinas negras de la noche, disgustando a la mujer. Ella, para evadirse, miraba nostálgica el cielo por el único ventanal de la torre, recordando la sensación del viento en su piel.

Los días pasaban ligeros, los años se convertían en segundos, y la anciana parecía no darse cuenta de la distorsión del tiempo, confeccionando aquel par de alas mientras el hilo oscuro se envolvía firmemente a sus muñecas, impidiéndole trabajar.

El cielo ya se había teñido de naranja cuando un pajarito posó sus finas patas de alambre en la ventana, y con su fino pico comenzó a entonar notas vacilantes, que se quebraban antes de alcanzar el oído afectado por la edad de su público. Tuvo que pasar un tiempo hasta que el ave agarrara confianza y de su pecho empezaran a salir las notas más claras y puras que pudieran existir.

Entonces la mujer se percató de su presencia, pero continúo con su labor, pensando cómo era culpa de distracciones como aquellas que su trabajo fuera de tan pobre calidad. La canción no cesó, pasaron los días, y el esfuerzo que realizó el pajarito dio sus frutos. La anciana estaba molesta.

—¿No tienes personas más importantes a las que deleitar con tu música? —espetó ella, claramente contrariada. No entendía cómo alguien pudiera derrochar así su libertad, mientras que ella había perdido su vida tratando de encontrarla, fabricarla o tejerla de algún modo. —¿Tú, que eres libre, ¡¿no tienes nada mejor que hacer?!

—¡Oh! Pero si la libertad es la causante de mi desgracia. Normalmente la gente no quiere estar cerca de quien es libre, la mayor parte de los esclavos suelen amar sus cadenas. Tenga cuidado, pues esas alas que teje usted podrían arruinarla, tan solo la atan a la tierra, así tiene un propósito. Pero hágame caso, volar es aburrido si no tiene compañía.

—¿Qué puedo hacer? —preguntó ella, claramente consternada.

—La mano invisible, aquella que acecha en las sombras, invisible a los ojos, es la que mueve los hilos que nos controlan. Se entretejen tanto con nuestros pensamientos que ya no los podemos distinguir. ¿Quién soy yo? Preguntan después delante de un espejo con espirales manuscritas de desconcierto. Soy muy afortunado de ser un ruiseñor, yo no tengo que enfrentarme a algo llamado *sociedad*. Es por eso que un humano no puede ser libre, necesita a la gente, la influencia. El hilo oscuro se enreda en vuestra alma, en vuestros pensamientos privados, os invade sin control, ¿Y dónde quedáis vosotros? ¿Y aquel concepto abstracto llamado libertad? Un mito.

La habitación gira alrededor del cuerpo de la mujer, ¿toda su vida estuvo buscando un concepto imaginario? No podía ser, tenía delante la prueba viviente de que eso no era cierto. Pero claro, *eso* era un pájaro.

—Nunca podrá controlar nada. Es humana —replicó aquel pequeño pajarito, como si hubiera leído sus pensamientos—. El condicionamiento de las decisiones no es una broma – y rio con aquella risa de gorrión, parecida a pequeñas campanillas, como si hubiera dicho algo gracioso.

Lágrimas de plata caían del cielo a la tierra, el manto de estrellas se aferró a las rocas como si su vida dependiera de ello. Un escalofrío recorrió la columna de todos los seres humanos. La anciana miró hacia abajo, hacia sus alas de oro, con las que planeaba recorrer el cielo, y que agarraba con ademán posesivo. Ahora eran cadenas negras.

Sin previo aviso, el pájaro salió volando por la ventana, y ella trató de seguirlo. El cielo se acercaba, cada vez más, una sensación de ingravidez hormigueaba sus extremidades. Una sonrisa relampagueó por sus angulosas facciones, tan solo por un instante. ¿Es esto la felicidad?, pensó con satisfacción. Nada la limitaba, fue uno con el mundo, estuvo en todas partes, y, al mismo tiempo, en *ninguna*. ¿Acaso somos todos partes de algo más? Mi alma se fragmentará y romperá en pedazos, para pasar a formar parte de un Todo. ¿Perderé a quién soy? ¿La pérdida será menor de lo que gane?

Un torrente de información luchaba por entrar en su cerebro. Comprendía el funcionamiento de cada microorganismo que se encontraba en el universo. Por un momento, se turbó ante tanta nueva información, pero se alegró de su nuevo entendimiento. "Quiero romper el universo en pequeñas partes, para comprenderlo realmente, y luego unirlo todo para crear una armonía completa", pensó mientras una carcajada se escapada de sus labios.

Pero mientras estos pensamientos luchaban por el protagonismo en su mente, la pantalla se fragmentó. Todo se detuvo.

Bajó la mirada y comprobó con horror que las cadenas de hilo negro se habían atado sigilosamente a sus brazos, deteniendo su ascensión, deteniendo el chorro de información. La desesperanza alcanzó entonces como un rayo el mundo, lágrimas de plata volvieron a caer sobre la tierra, pero esta vez el manto de astros se alejó, dejando paso a la oscuridad absoluta.

En alguna parte, se tocaron las campanas y un ruiseñor cayó muerto, mientras cantaba a pleno pulmón tan bellas canciones que por un momento parecieron enternecer a la desgracia, pero que fueron cortadas rápidamente. El cuerpo de la anciana quedó colgando de la ventana de la gran torre, por unas cadenas de hilo que empezaron a invadirle el cuerpo, como parásitos. Pobre de ella, sigue allí viva.

La inmortalidad, el peor castigo que pudieron otorgar los dioses.

RELIGIÓN EN VIDA

Todo mi cuerpo se encontraba en un estado de calma, flotando extasiado en unas aguas tranquilas. Tenía los párpados abiertos, pero no podía ver nada. El silencio era sepulcral, tanto que el concepto de ruido parecía perder significado. Era extraño, y me produjo una sensación de incomodidad, aunque no podía describir bien el porqué.

De pronto, una voz llegó a mis oídos. No, más bien, parecía provenir del interior de mi cráneo. Un fugaz sentimiento de asco relampagueó en el fondo de mi garganta, pero fue rápidamente aplacado por el tono de la voz que me envolvió como madre a un recién nacido.

—En un mundo enfermo, vosotros sois los sucios parásitos que lo infestan—. Era una voz gutural que parecía rascar las paredes de mi mente y leer todos mis pensamientos, una voz que hacía que refugiarse en los confines de su razón resultara claustrofóbico. A pesar de ello, lo encontré casi reconfortante.

Mis labios se encontraban pegados, todo mi cuerpo me era inútil. No era capaz de mover ni un músculo. Parpadeé varias veces, aunque la oscuridad que parecía haber llegado temporalmente se quedaría conmigo un poco más.

—Sí, ese es el problema de la humanidad, os escondéis como ratas. Habéis formado una sociedad controlada por un solo hombre y la habéis decorados de bienes materiales. Cosas que dictan el transcurso de vuestras designadas vidas. Todo está programado y sigue un esquema. Nace, crece, reprodúcete como un salvaje y después muere. Rodéate de creencias y defiéndelas, no dejes que nadie más tenga pensamientos coherentes. –

Intenté mover una mano, pero no pude, ¿qué acababa de pasar? No pude contenerme y abrí la boca para gritar, pero un líquido frío se abrió paso. Por algún motivo, supe con certeza que eso no era agua.

—No estás prestando atención, ese es otro gran problema de la humanidad. Habláis con gran entusiasmo de la "Gran Respuesta" a la "Gran Pregunta". Sin embargo, estáis aterrados, o simplemente absortos en vuestro pequeño pozo de adoración común—.

La voz continuó hablando, pero yo estaba demasiado inmerso en mis propias preocupaciones y no escuché palabra. Intenté sacudir las puntas de los dedos de los pies sin éxito aparente. ¿Dónde me encontraba? ¿Estaba muerto? Una pequeña parte de mí sí que pareció dar con la respuesta a esta última pregunta, pues sí recordaba vagamente el sol ocultándose en el horizonte y mis piernas balanceándose al borde.

—¿Cuál es el propósito de la sociedad? ¿Es crear un ser humano mejorado? Si es así entonces respóndeme: ¿por qué abrazamos nuestros instintos y ayudamos al débil? No es cierto eso de que las emociones nos diferencian de los monos, más bien al contrario, es lo que nos

relaciona a ellos de alguna manera. Asquerosa
evolución...—

En este punto ya estaba cansado, cansado de intentar
que mi cuerpo respondiera, cansado del murmullo en
que se había convertido la extraña voz, a pesar de que
no era difícil ignorarla. Cerré los ojos con fuerza y junté
las manos, una práctica antigua que me había inculcado
mi madre. Me dispuse a rezar.

—Eso es asqueroso pequeño insecto, reza para que las
llamas del infierno no te consuman el alma.

VIDA EN MONSTRUO

Hay un monstruo en mi armario. Se mueve y retumba en mi habitación. Me asusta con sus gritos que no cesan y golpean en todas las paredes de mi mente. Lo miro impotente desde la cama y pongo la cabeza entre las piernas a modo de protección. Lágrimas de terror corren por mis mejillas. La puerta se abre un poco, pero yo me niego a mirar, con las manos en las orejas y el corazón en la boca. Una sombra se acerca. La huesuda mano agarra mi mentón. Trago saliva y mis pulmones amenazan con explotar. ¿Adónde llevaran los recónditos caminos de la mente que no quieren enfrentarse al monstruo que ellos han creado? La manta cae al suelo como el telón de un viejo teatro lleno de almas. El agarre de la mano se hace más fuerte, pero yo me niego a mirar, me niego a mirar. Grito con todas mis fuerzas, aunque sé que nadie puede oírme. Levanta mi barbilla para quedar a la misma altura, pero me niego a mirar. La criatura espera con la boca abierta. ¿Querrá comerme? Unos lamentos se escuchan en el interior de aquella cosa, ahogadas y perdidas quejas en su garganta. Levanto un poco el párpado, pues mi curiosidad es grande. Mi campo de visión se emborrona y me maldigo a mí misma por abrir los ojos. Mi respiración se acelera. Los ojos son pozos vacíos que lanzan al aire críticas que cortan la noche. La nariz está formada por las palabras que quedaron en mi boca cuando no supe decir adiós. La curvatura de sus labios susurra las inconsistencias de mi vida llamándome cobarde, y la cara en sí parece escupirme todas mis inseguridades. ¿Y qué hay de la mano que me sujeta? Los sueños perdidos que dejé atrás con la esperanza de olvidarlos para siempre. El monstruo se ha tragado mi felicidad, y sé que no puedo hacer nada. Intento apartar la mirada y clavarla en la pared, pero solamente logro fijarme en el gran espejo que adorna mi habitación. Miro mi reflejo, pero ya no estoy segura de verme a mí en él. Toco con la punta de los dedos mis ojos, mi nariz y la curvatura de mis labios, labios sellados. Esta es la persona por la que dejé todo lo que apreciaba, y ahora está perdida en el mar de la vida. Cuya mano agarraba a las personas y las reconcomía por dentro por miedo a la soledad. Observo mi reflejo sacudido por los vientos de la desesperación y mi cuerpo vacío. Y sé que el monstruo me ha devorado.

RECLUSIÓN DE UNA MENTE

El niño miraba dentro de aquella farola, atrapado por su luz, que iluminaba su pensamiento. Animales luminosos danzaban por sus ojos y creaban intrincadas figuras de sombra en el suelo. En esas figuras se apoyaba. Y no sabía el porqué de sentirse desgraciado, pero un sentimiento enmarañado inundaba sus pulmones y los llenaba de incertidumbre. Aquella farola y su cristal. Su duro cristal.

En aquella farola nadie escuchaba sus gritos ni lamentos. En aquella farola se ahogaba. La angustia crecía cada día más y el niño lloraba. Lloraba y lloraba, y un mar se formó. Pero nadie parecía percatarse.

"Es un niño pequeño" —decían las voces. Con la boca pequeña y la mano ancha.

Y comenzó a intentar escapar. Con pequeñas fisuras en el cristal, que dejaban escapar sus penas, sus voces y su pequeño océano de inquietudes que nunca estaba en calma. ¿Cómo podía ser libre? Se preguntaba cada noche, después de haber dejado que toda su tristeza escapara por sus ojos. La presión en el pecho amenazaba con destrozarlo por dentro, por lo que cerró los ojos con fuerza e imaginó.

Imaginó que era un pájaro, un pájaro azul y verde con alas muy grandes, que albergaban todo lo que él quería decir al mundo, a toda la gente. Visitó pueblos y casas, grandes ciudades. Personas y mentes humanas. Se quedó junto a la cama de una niña a la que se le escapaba la vida de sus ojos. También junto a la madre. Que, desolada, no sabía cómo continuar. Se coló en los cerebros de las personas, y observó sus peores miedos, vivió nuevas vidas, contó historias y experimentó la felicidad.

Pero cuando se despertó, volvió a ser él otra vez. Volvió a ser el mismo chico pequeño, encerrado en una jaula de paredes de cristal, al que habían atraído con la luz de una farola.

Y nadie notó nada. Ni su mirada ausente, ni sus ensimismamientos permanentes, ni el extraño brillo de su mirada. Nadie se dio cuenta de que ya no habitaba en este mundo. Nadie se dio cuenta de que había construido su refugio en los confines de su mente, porque se había dado cuenta de que la realidad no valía la pena.

Y ya no lloró más, pues los millares de personas que ahora era lo consolaron, porque ahora formaba parte de algo más grande, porque se había perdido a sí mismo, pero había encontrado algo maravilloso. Su alma se diluyó, todas se diluyeron. *Todos somos uno*, concluyó, asombrado.

Entonces, amargamente, pensó, y miles de voces pensaron al unísono que aquello estaba muy lejos de ser libertad, pero, al fin y al cabo, ¿quién quería ahora ser libre? Nadie podía salir de aquella farola solo.

En aquel momento, el pequeño niño los miró con tristeza y se sintió culpable de su reclusión. Y cayó la discusión sobre él. Muchas ideas que lo culpaban y le gritaban cosas innombrables que nunca olvidaría. Intentó reconectar otra vez con la realidad, pero ya era tarde. Volvía a ser esclavo de sus pensamientos.

Y aquel niño, que ya no lo era, rompió aquella farola llena de fisuras, matando así al pájaro verde y azul, que volaba por el cielo amarillo. Roto así su subconsciente, vagó por la realidad. Devolviéndole a cada persona sus pensamientos, para que fuera libre. Y después, vacío por dentro, echó de menos su reclusión en aquella farola, ahora que podía ir a donde quisiera, no tenía donde escapar.

INTERPRETACIÓN DE UN CUADRO

Título: Capricho

Creador: Bernardino Montañés Pérez

. . .

Hay rosas en el balcón. Rosas que mi tía se esmeró en cuidar, podar y regar con un cariño que no parecía propio de su persona y que no volvió a demostrar con nadie más.

Hay una caja cerrada con un cordel rojo que mi hermano utilizaba para guardar todas sus canicas y que nunca me dejó tocarla. Gritaba cada vez que lo hacía y no me gustaba ver a mi hermano enfadado.

Hay pájaros volando, alejándose de nosotros, como a los que mi padre quitaba la vida en un segundo, con un clic, y luego exhibía en el salón a pesar de que yo suplicara que no hiciera, y que mamá suplicara por mí, y que mamá llorara luego a escondidas en el suelo del baño. Como si lo supieran.

Está la ropa que yo odiaba ponerme porque me picaba todo el cuerpo y apretaba mucho, pero que mi hermano adoraba y no tenía ni que decir que le hacía parecer la viva imagen de papá.

Están los cipreses a los que me subí hace años y nunca más, porque porque aparecieron más diferencias entre mi hermano y yo. El tiempo vino a recordarme que era una mujer. Y a los que me sentaba para resguardarme del sol durante los días calurosos, y bajo a los cuales conocí a un chico extraño. Tenía el pelo y los ojos pálidos, y los labios muy finos.

Está la sonrisa que reservaba solo para él, porque después de que la muerte se llevara a mi padre estaba prohibida allá donde fuera. El tiempo se paraba solo para nosotros. Lástima que no haya pinturas inmediatas que capturen momentos felices.

Hay silencio. Lo recuerdo bien. Él nunca habló, y las palabras nunca fueron necesarias. Las piñas de los cipreses tenían un olor característico y el cielo siempre era dorado cuando había silencio y mi hermano no gritaba y apretaba los puños y mi madre lloraba ahora en el suelo de la cocina y mi tía tocaba el piano para no escucharse a sí misma porque se había dado cuenta de que era una persona inaguantable.

Bajo el ciprés había libros y promesas de futuro y un amor inocente y un silencio muy sonoro y cielos con olor a nuez.

Bajo el techo de mi casa había inseguridad, y promesas en vano y un amor retorcido y un griterío insoportable y suelos con olor a sangre.

Bajo su mirada, le confesé mis sueños de huida y todos los libros y promesas y amores y silencios y sonidos y olores que quería vivir. Era manía lo que quebraba mi voz.

Sobre el marco de la ventana de mi habitación, arrastró la luz de la mañana un cuerpo con los ojos abiertos y una piña de ciprés en la mano, incumpliendo su promesa por primera vez.

Y cuando las rosas de mi tía murieron marchitas deshaciéndose con el viento en un polvo marrón y mi tía apareció inmóvil en la bañera, mamá metió los pájaros disecados en el agua para ver si volvían a la vida, pero no lo hicieron. Y tocó una melodía comedida en el piano durante horas hasta que la cabeza cayó inerte y las manos continuaron bailando sobre las teclas.

Y cuando mi hermano no supo qué hacer con los dos cadáveres y se los llevó para tirarlos al río, yo abrí su caja de canicas para volver atrás en el tiempo, pero solo había canicas y pequeñas cartas llenas de tinta que dedicó a papá con rabia y frustración.

Ahora todo es un cuadro y quiero morir en paz soñando con el río que fluye colina abajo con las rosas, los pájaros y las canicas. El pasado ha quedado plasmado en la memoria de otra persona que nunca sabrá si la obra es tan solo pintura o también contiene un recuerdo.

Ahora el cielo es dorado y huele a nuez y el silencio no me oprime, sino que me abraza como a un viejo confidente. Estoy en lo más alto del ciprés y puedo ver ese futuro prometido hace tanto tiempo que nunca se cumplió. Una melodía suena en mi cabeza. Ahora le tengo miedo al silencio. ¿Llegaré alguna vez a ver mi libertad correr fuera de la sombra del ciprés?

Índice

europa
ediciones